Para Florencia
J. B.

Para Tania
C. V.

loqueleo

LINA CATARINA
D.R. © del texto: Jennifer Boni, 2015
D.R. © de las ilustraciones: Carlos Vélez, 2015

D.R. © Editorial Santillana, S.A. de C.V., 2016
    Av. Río Mixcoac 274, piso 4
    Col. Acacias, México, D.F., 03240

Primera edición: marzo de 2016

ISBN: 978-607-01-2994-0

Esta edición: Publicada bajo acuerdo con
Grupo Santillana en 2020 por
Vista Higher Learning, Inc.
500 Boylston Street, Suite 620.
Boston, MA 02116-3736
www.vistahigherlearning.com
www.loqueleo.com/us

www.loqueleo.santillana.com

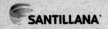

Lina Catarina

Jennifer Boni • Carlos Vélez

loqueleo

Había una vez una ciudad.
Era la ciudad más grande del mundo.

En esta gran ciudad había un pequeño parque.
Y en el parque había un gran árbol.

5

En sus ramas vivían familias
enteras de ardillas. En los huecos
de su tronco viejo anidaban
caracoles, arañas, catarinas y orugas.

Frente al pequeño parque, había un enorme edificio.
Adentro, en un pequeño departamento,
vivía una pequeña familia: Lina y su mamá.

Cada mañana, Lina se preparaba para ir a la escuela.

Cada mañana, la mamá de Lina se preparaba para ir al trabajo.

Y cada mañana, cruzaban el parque tomadas de la mano.
Lina trataba de seguirle el paso a su mamá, pero había
tantas cosas interesantes sucediendo a su alrededor
que le resultaba imposible.

Por las tardes, se detenían frente al gran árbol para darle de comer a las ardillas.

Pero lo que a Lina le gustaba más del gran árbol eran los pequeños insectos. Y una tarde, explorando entre las raíces, encontró una catarina.

—Mamá, ¿me la puedo llevar a la casa?
—preguntó Lina.

Su mamá estaba tan ocupada que no
la escuchó. Así que Lina, con mucho cuidado,
tomó la catarina y la guardó en su bolsillo.

Al día siguiente,
Lina encontró otra catarina.
—Mamá, ¿me la puedo
llevar a la casa?

Pero su mamá estaba tan ocupada
que no la escuchó. Así que Lina,
con mucho cuidado, tomó la catarina
y la guardó en su bolsillo.

Al día siguiente, Lina encontró otra catarina.

Al siguiente día, encontró otra más.

Y, el día que siguió, encontró una más...

Lina se había convertido en una experta recolectora de catarinas.
A cada una le encontró un hogar.

La mamá de Lina no se dio cuenta
de nada a la hora del baño, ni a la hora del
cuento, ni durante una llamada del trabajo.
Tampoco se dio cuenta aquella mañana
durante el desayuno, cuando estuvo
a punto de comerse a Uma, la catarina
favorita de Lina...

En pocos días, la casa se llenó de catarinas, pues habían tenido catarinitas.
Ahora, dentro del pequeño departamento del enorme edificio, vivía una gran tribu de pequeñas catarinas que poco a poco iban adueñándose de sus rincones.

"Ahora sí se dará cuenta mi mamá", pensó
Lina. Para protegerlas, intentó llevarlas a vivir
a su casa de muñecas.

—¡Quédense quietas!—les pidió. Pero no había forma
de que se quedaran en un solo sitio.

Esa noche, la mamá de Lina tenía una cena
importante y se alistaba para salir.
Mientras se arreglaba, abrió la cajita donde
guardaba sus joyas para buscar los aretes
que usaría, cuando de repente...

—¿De dónde salieron estas catarinas? —preguntó la mamá de Lina sorprendida.

—Del parque —contestó Lina, encogiendo los hombros.

—¿Y cómo te trajiste tantas?

—Bueno, al principio no eran muchas, pero después aparecieron más y más...

—Tenemos que regresarlas, no se pueden quedar aquí —dijo su mamá, mientras se quitaba algunas catarinas del pelo y de la ropa.

—Pero son mis amigas... —explicó Lina.

—Lo sé, pero no podemos vivir con tantas. ¿Y si las aplastamos sin querer?

Lina no dijo nada.

—¿No crees que extrañan su casa? —insistió su mamá.

Lina no había pensado en eso. Tal vez su mamá tenía razón.

—Mmm... está bien. Les voy a preguntar si extrañan el parque —respondió Lina.

Su mamá sonrió. Cuando se acercó para darle un beso, Lina se fijó que llevaba puesta una catarina en el vestido como prendedor.

A la mañana siguiente, tempranito,
Lina entró en el cuarto de su mamá,
se acurrucó a su lado y le dijo al oído:
    —Me dijeron que sí, que extrañan el pasto,
las flores y el parque.

Todo ese día lo pasaron buscando, atrapando
y recolectando catarinas. Fueron y vinieron
de su casa al parque y del parque a su casa.

Llevaron a las pequeñas catarinas al pequeño parque
para liberarlas junto al gran árbol.

Cuando terminaron, comenzaba a oscurecer.

La mamá de Lina la tomó de la mano y volvieron a casa.

Cuando entraron en
su pequeño departamento
sintieron que se veía un
poco vacío.

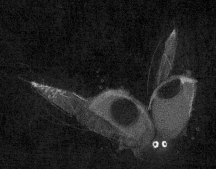

Entonces, Lina sacó la mano de uno de sus bolsillos y la abrió. Una catarina extendió sus alas y voló hacia el portaplanos de su mamá.

—¿Y ésta? —preguntó su mamá.

—Ella es Uma —contestó Lina—. Fue la única
que me dijo que prefería quedarse conmigo.

La mamá de Lina se acercó al portaplanos y tomó
a Uma. La puso sobre la punta de su dedo y le sonrió.
También Uma miró a la mamá de Lina y le regaló una
pequeña sonrisa.

Afuera, la noche caía sobre la gran ciudad.

La luna iluminaba un pequeño parque donde había un gran árbol,
frente al cual había un enorme edificio con un pequeño departamento
donde ahora vivía, además, una pequeña catarina.